LA

CHRISTODIE

POÈME

PAR DURANGEL.

PARIS

CHEZ DENTU, LIBRAIRE-ÉDITEUR

galerie d'Orléans, 13, au Palais-Royal.

1863

CHRISTODIE

POËME EN HUIT CHANTS

PAR DURANGEL

Chant Ier. — JÉRUSALEM.

II. — LES MIRACLES.

III. — LA TRAHISON.

IV. — GHETHSEMANI.

Chant V. — PILATE.

VI. — LE CALVAIRE.

VII. — LE SÉPULCRE.

VIII. — LA RÉSURRECTION.

La première livraison est en vente. — Les autres paraîtront successivement tous les trois mois.

Paris — Typographie de Ad. R. Lainé et J. Havard, rue des Saints-Pères, 19.

1863

LA CHRISTODIE.

Paris. — Imprimerie de Ad. R. Lainé et J. Havard, rue des Saints-Pères, 19.

LA
CHRISTODIE

POÈME

PAR DURANGEL.

PARIS

CHEZ DENTU, LIBRAIRE-ÉDITEUR
galerie d'Orléans, 13, au Palais-Royal.

1863

CHANT PREMIER.

—

JÉRUSALEM.

LA CHRISTODIE.

CHANT PREMIER.

JÉRUSALEM.

Harpe des anciens jours ! toi dont les fibres d'or

Affranchissaient Saül des prestiges d'Endor ;

Toi qui dans Babylone, exil de longue épreuve,

Demeuras suspendue aux saules de son fleuve ;

Toi que de Jérémie éveillaient les sanglots

Et qui d'Ezékiel faisais trembler les os ;

Dans la gloire ou le deuil, compagne des prophètes !

Toi qui du peuple élu solennisais les fêtes !

Je t'implore aujourd'hui, pour chanter à genoux

Le grand Médiateur qui s'immola pour nous.

Je vais dire comment, quand le Christ sur la terre

Eut des dogmes nouveaux révélé le mystère,

Trahi par un apôtre, il mourut sur la croix ;

Je vais dire comment, au fond des Limbes froids,

Malgré Satan vaincu, malgré ses noires trames,

De ceux qui l'attendaient il délivra les âmes ;

Comment il s'échappa du sépulcre, et comment

Il monta dans les cieux jusqu'au grand jugement.

Et toi qui connais tout, par qui tout se ranime,

O toi qui vins, quand l'ombre enveloppait l'abîme,

Sur les profondes eaux déployer ton essor !

Esprit saint ! de tes dons verse-moi le trésor.

Inspire mes récits, tableaux de l'Évangile ;

Mets les charbons ardents sur ma lèvre fragile ;

Soutiens-moi dans cette œuvre, et dévoile à mes yeux

Et la nuit de l'Enfer et les splendeurs des cieux.

En ce temps-là Jésus marchait vers Béthanie ;

Les Douze le suivaient, troupe errante et bannie ;

Il sortait du désert au-delà du Jourdain;

Car il avait appris, d'un message soudain,

Que Lazare était mort, et, dans la longue rue,

Non loin de la maison, voici Marthe accourue.

Avec des cris de deuil à ses pieds se jetant :

« Oh! dit-elle, Seigneur! pourquoi donc tarder tant?

On a fermé sur lui la grotte funéraire,

Et, depuis quatre jours, nous pleurons notre frère.

Lazare est mort, Seigneur! Tu n'étais pas ici!

Oh! tu l'aurais sauvé; car je le crois ainsi.

Même à présent, tu peux rouvrir sa nuit profonde,

O fils du Dieu vivant, descendu dans ce monde! »

Et Jésus répondit : « Il ressuscitera. »

Madeleine, à son tour, ardemment l'implora;

Et Jésus fut troublé quand il vit Madeleine

Et la sombre maison, de clameurs toujours pleine;

Car, de Jérusalem, étaient venus nombreux

Les amis des deux sœurs, pour s'affliger entre eux.

Alors Jésus pleura. Dans toutes les poitrines

Un sanglot retentit, à ces larmes divines.

« Voyez comme il l'aimait! murmurait-on tout bas.

S'il l'eût voulu sauver, ne le pouvait-il pas? »

Une secousse intime, et de frissons suivie,

Fit tressaillir Jésus : « Je suis, dit-il, la vie,

La résurrection. Venez! Lazare dort.

Celui qui croit en moi revivra dans la mort. »

Au fond d'un souterrain, funèbre vestibule,

Six degrés conduisaient à l'étroite cellule,

Au ténébreux sépulcre, enfermé dans le roc,

Qu'une dalle couvrait de son énorme bloc :

On y court. Là Jésus, qu'un nouveau trouble presse :

« Oh! tu m'as exaucé, Père! dans leur détresse.

Je le savais, dit-il. Sois béni! non pour moi,

Mais pour ceux dont l'esprit dans ma venue a foi. »

Puis, tourné vers la foule : « Enlevez cette dalle. »

Pouvant parler à peine, et chancelante et pâle,

Marthe alors lui répond : « C'est depuis quatre jours,

Seigneur, qu'on l'a couché dans les sombres séjours.

Il a l'odeur des morts .. » Jésus dit : « Veux-tu croire?

Tu vas le reconnaître et voir Dieu dans sa gloire. »

Tous les cœurs sont brisés d'une froide stupeur.

Mais l'espoir qu'il donna jamais ne fut trompeur ;

Du sépulcre, où la foule en silence l'escorte,

On enlève la pierre, et, d'une voix plus forte :

« Lazare ! cria-t-il, Lazare ! sors ! » Il dit ;

Celui qu'il évoquait hors du caveau bondit.

On détache aussitôt les longues bandelettes

Qui, dans les anciens jours, revêtaient les squelettes ;

Et le ressuscité fuit la noire prison ;

Il parle, et des vivants respire l'horizon ;

Et les témoins nombreux, venus dans Béthanie,

Proclament de Jésus la puissance infinie ;

Et comme sans retard Jésus, le lendemain,

Doit vers Jérusalem reprendre son chemin,

Tous, dans ce court trajet, pour que leur foi l'honore,

Tous vers Jérusalem le suivront dès l'aurore.

Le prêtre sans aïeux dans les jours révolus,

Qui bénit Abraham et ne reparut plus,

Melkisédek, dit-on, fonda la ville sainte.

Puis les Jébuséens soumirent cette enceinte :

Elle reçut leur nom. Mais des fils de Juda

Le sceptre tutélaire enfin leur succéda,

Et de tout l'Orient Jérusalem fut reine.

Le puissant Salomon, dans une paix sereine,

Y construisit ce temple, aux gigantesques murs,

Où le cèdre odorant, les métaux les plus purs

Retraçaient l'appareil du Tabernacle antique.

Là furent consacrés, d'après le Lévitique,

Dans le mois d'éthanîm, les vases, les bassins,

Les chefs-d'œuvre d'Hirâm, ciselés de dessins,

Le candélabre d'or, les deux autels, les Tables

Que l'Arche renfermait dans ses flancs redoutables,

Ces pierres où Dieu même avait écrit la loi.

Mais ce Temple périt quand, dans un jour d'effroi,

Nabukodonosor, qu'annonça Jérémie,

Vint des Juifs criminels châtier l'infamie.

Les flammes et le sang couvrirent le terrain :

Le Kaldéen brisa les colonnes d'airain,

Yakîn et Boaz, ces colonnes altières;

Il prit les vases d'or, les plateaux, les chaudières,

Et de la Mer d'airain les énormes parois,

Que portaient douze bœufs, réunis trois par trois.

Et, septante ans, l'Euphrate insulta sur ses rives,

Loin de Jérusalem, les tribus fugitives,

Jusqu'au jour où Cyrus, par un illustre appel,

Pour les y ramener choisit Zorobabel.

Les Juifs, à leur retour, rebâtirent le Temple;

Mais combien celui-ci fut moins riche et moins ample!

L'impie Antiokus, renouvelant le deuil,

Y fit de sa démence éclater tout l'orgueil :

Un long carnage alors souilla le sanctuaire,

Et le triple parvis fut un champ mortuaire.

Ce Temple vit deux fois les bataillons romains.

Enfin l'Ascalonite, aux sanguinaires mains,

Hérode, avec splendeur le rétablit encore.

Et maintenant Jésus, que sa vertu décore,

Marche, parmi les cris d'un cortége fervent,

Vers ce lieu solennel, dévasté si souvent.

Dès l'aurore il conduit la foule intarissable ;

Car, accourant partout dans les sentiers de sable,

A travers les ruisseaux, les bois, les grands jardins,

Viennent se joindre à lui mille groupes soudains.

Tous vers Jérusalem, par la route rampante,

Du mont des Oliviers ils descendaient la pente ;

Étant près du hameau qu'on nomma Bethphagé,

« Entrez là, dit Jésus : sur un sol ombragé,

Une ânesse captive, un poulain sont à paître ;

Vous les amènerez. Dites : *C'est pour le Maître.* »

Deux disciples déjà sont partis, à ces mots ;

L'ânesse détachée a déjà sur son dos

Leurs manteaux dont la laine à longs plis se déroule,

Et Jésus y prend place au milieu de la foule.

Souviens-toi maintenant, ô fille de Sion,

Des choses qu'annonçait une prédiction !

De ses longs cheveux d'or son large front s'ombrage ;

Sa tunique d'azur, mystérieux ouvrage,

Qu'il reçut de sa mère, à peine adolescent,

Sur leurs liens de cuir jusqu'à ses pieds descend.

Tel s'avance Jésus. Dans un bois vaste et sombre,

Coupant les rameaux verts des oliviers sans nombre,

Les uns, avec des cris, les dressent dans leurs mains;

Les autres, sous ses pas, en couvrent les chemins;

Et le cortége ainsi traverse la vallée

Par d'antiques tombeaux tristement signalée,

Ces champs de Josaphat où, grossi par moments,

Le torrent de Cédron roule à flots écumants.

Le mont des Oliviers et le mont du Scandale

Forment de Josaphat la côte orientale;

En face, une hauteur, où le roc s'aplanit,

Montre Jérusalem, comme l'aigle en son nid.

Jésus franchit ces lieux dans sa grave attitude;

Et de Jérusalem accourt la multitude

Quand, tel qu'un puissant roi que la cité défend,

Par la porte Dorée il entre triomphant.

Les prêtres, les Anciens, s'irritent du tumulte;

Dans la joie orageuse ils trouvent une insulte;

Ils voudraient comprimer ces hommages nouveaux ;
Mais tous ceux qui du Christ admiraient les travaux,
Tous ceux qui de Lazare entendent la merveille,
Suivent le peuple ému, dont l'ardeur se réveille.

Partout où Jésus passe on étend les tapis,
Les splendides manteaux, les voiles aux longs plis,
Jetés par cette foule incessamment accrue ;
Une immense rumeur monte de chaque rue ;
Les terrasses partout se changent en jardins
Et les cours des maisons décorent leurs gradins.
Et le peuple criait : « Hosanna ! salut ! gloire !
Gloire au fils de David ! contemplez sa victoire.
C'est lui qu'au jour marqué le Seigneur nous donna.
Gloire à lui dans les cieux ! salut ! gloire ! hosanna !
Chantez ! jetez des fleurs ! La délivrance est faite.
C'est le Nazaréen, c'est Jésus le prophète.
Chantez, jetez des fleurs, courbez les verts rameaux !
Gloire au fils de David ! il vient finir nos maux. »
Or, couvrant leurs frayeurs d'une rudesse austère,

Quelques Pharisiens lui dirent : « Fais-les taire. »

Et Jésus répondit, avec la flamme au front :

« S'ils se taisent, pour eux les pierres parleront. »

Mais voilà que, marchant vers la place voisine,

Où de Bethsaïda s'enfonçait la piscine,

Par un nouveau prodige il montra son pouvoir.

On lavait les brebis dans ce grand réservoir,

Pour les sacrifier parmi de longs cantiques.

Sur les bords s'élevaient cinq spacieux portiques :

Là gisaient bruyamment des groupes douloureux

D'infirmes, de blessés, d'aveugles, de fiévreux.

Tous, jaloux de descendre au bassin salutaire,

Du mouvement des eaux surveillaient le mystère ;

Car l'ange du Seigneur venait, dans certain temps,

Mouvoir les cavités de ces flots palpitants,

Et celui qui de tous y plongeait le plus vite,

Seul de tous, obtenait sa guérison subite.

Depuis trente-huit ans, sur sa couche, un vieillard

Souffrait d'un mal rebelle aux pratiques de l'art ;

2

Jésus s'approche et dit : « Veux-tu guérir? » — « J'implore,

Répond le malheureux, chaque nuit, chaque aurore.

J'espérais, plein de foi, plein d'un zèle assidu,

Mais, avant moi, toujours un autre est descendu.

Oh! vois mon corps raidi! Vois! nul ici ne m'aide.

Oh! pour qu'à mes tourments je trouve un sûr remède,

Nul aux flots ne me porte entre ses bras nerveux.

Seigneur! je n'ai plus rien que mes stériles vœux. »

Le lugubre vieillard ainsi pleurait sa perte.

« Lève-toi, dit Jésus à ce fantôme inerte,

Prends ton lit, marche! » Et lui, comme par un ressort,

Se lève, prend sa couche et de la foule sort.

La foule croit à peine à ce qu'elle contemple.

Enfin Jésus arrive au premier seuil du Temple.

Là des marchands vendaient, prompts à tous les larcins,

Les victimes sans nombre, offrandes des jours saints;

Là sont partout des bœufs qu'une courroie attache,

Des agneaux, des brebis, des colombes sans tache;

Et là des changeurs d'or, leurs tables devant eux,

Mêlent leur industrie à ces trafics honteux.

Là grondent les rumeurs d'un incessant tumulte.

Jésus n'a pu souffrir les opprobres du culte,

Il s'irrite, il éclate en reproches ardents :

« Race abjecte au dehors et plus noire au dedans,

Loin d'ici! leur dit-il, ô race meurtrière!

Il est écrit : *Mon Temple est le lieu de prière*,

Et vous en avez fait un antre de voleurs.

Vous qui trompez ce peuple et comblez ses malheurs,

Sacriléges! fuyez; craignez ma main pesante. »

Saisissant, à ces mots, l'arme qui se présente,

Sur eux d'un fouet sifflant il allonge les nœuds;

Il bat la troupe immonde et, d'un pied dédaigneux,

Il brise, il jette au loin les siéges et les tables.

Les vils marchands ont fui ses coups inévitables;

Et les agneaux bêlants et les bœufs furibonds,

Avec eux, devant lui précipitent leurs bonds.

Les Douze dans le Temple alors suivent leur maître.

Noms obscurs, que le monde allait bientôt connaître,

Venez, venez ici solenniser mes chants!

C'était Pierre d'abord, formidable aux méchants,

Et que Jésus choisit comme chef des apôtres;

C'était Jean l'inspiré, cher entre tous les autres,

Qui verra, dans Pathmos, la gloire des élus,

Les spectres de l'Abîme et les temps révolus;

C'étaient Jacques, son frère, et Jacques fils d'Alphée;

Philippe, dont l'ardeur n'est jamais étouffée;

Matthieu le publicain, Barthélemi, Simon;

Thaddée, ayant pouvoir sur le plus fort démon;

André, frère de Pierre, et toi, Thomas-Didyme!

Et Judas, que Satan déjà poussait au crime.

Ils entrent radieux sous les rameaux flottants.

Dans une extase sainte, ils admirent longtemps

Cet amas de splendeurs, ces marbres, ces sculptures,

La coupole d'airain des immenses toitures,

Les tours que dominait la tour Antonia.

Là Jésus, à genoux, d'abord s'humilia;

Puis il fit dans le peuple éclater sa parole

Et voilà qu'il finit par cette parabole :

« Un père de famille avait, dit-il, planté

Avec de longs travaux, dans un champ écarté,

Une vigne féconde et de riche culture,

Qu'il borda d'une haie, épineuse clôture.

Il y fit un pressoir et bâtit une tour ;

Puis à des vignerons, et jusqu'à son retour,

Il la loua, parti vers des rives lointaines.

Quand parut la saison où les grappes sont pleines,

Il envoya près d'eux, pour réclamer ses droits,

Trois de ses serviteurs, qui périrent tous trois.

Ils furent assaillis et lapidés dans l'ombre.

Des serviteurs nouveaux vinrent en plus grand nombre ;

Mais ces durs vignerons les tuèrent aussi.

Pour venger mon pouvoir, dont ils n'ont nul souci,

Pensa le maître alors, *j'enverrai mon fils même.*

Le fils, venu, périt par un crime suprême.

Répondez ! Quand le maître ira dans sa maison,

Comment traitera-t-il la noire trahison ? »

— « Frappant les scélérats d'un châtiment insigne,

A d'autres, lui dit-on, il doit louer sa vigne. »
— « Le royaume de Dieu vous sera donc repris;
Par d'autres ouvriers, prêts à payer le prix,
Ses fruits se produiront dans une nouvelle ère.
La pierre rejetée est la pierre angulaire :
Qui sur elle tomba, s'y brise; et le plus fort,
Sur lui quand elle tombe, est broyé tout d'abord. »

Il dit et sort du Temple, où les grands chefs des prêtres
Invoquaient contre lui la loi de leurs ancêtres.
A peine il en sortait quand, les cheveux épars,
Tremblante sous les cris poussés de toutes parts,
Une femme, en pleurant, devant lui tombe à terre.
Les hurlantes clameurs l'accusaient d'adultère.
Elle était jeune et belle, et, méditant leurs coups,
Ceux qui la poursuivaient tenaient de durs cailloux.
Un Pharisien dit : « Nous voulons ta réponse;
Maître! vois cette femme et sur elle prononce.
On l'a saisie au crime. Or, peut-on sagement,
Sur notre antique loi, régler le jugement?

La coupable mourra si telle est ton idée;

Il faut que par le peuple elle soit lapidée. »

Il dit, et dans ce piége il croit l'avoir surpris;

Il triomphe déjà; car, pour certains esprits,

Jésus sera sévère et cruel s'il condamne;

Pour d'autres, s'il absout, téméraire et profane.

Jésus, qui du perfide a reconnu le dol,

Courbé, trace du doigt quelques mots sur le sol;

Puis son calme regard rigidement s'arrête

Vers le chef, vers la troupe, à frapper déjà prête :

« Cette femme, dit-il, a mérité la mort;

S'il est ici quelqu'un sans reproche et sans tort,

Qu'il jette le premier la pierre! » Et dans le sable

Il traça de nouveau l'énigme insaisissable.

Quand il se releva tous étaient loin de lui;

L'un après l'autre, tous en silence avaient fui.

La femme restait seule, et comme une statue

Par l'ouragan brisée et du socle abattue.

Elle pleurait le crime et le public affront;

Sous ses grands cheveux noirs elle voilait son front

Et son sein frémissant d'une telle secousse.

Jésus plaint ses remords et, d'une voix plus douce :

« Nul n'a-t-il prononcé, dans ce jour, contre toi ? »

— « Non, Seigneur, répond-elle avec un vague effroi. »

—« Je m'abstiens donc. Comprends quelle faute est la tienne.

Va, mais ne pèche plus, dit-il. Qu'il te souvienne! »

Les apôtres marchaient dans un trouble profond.

« Voyez, leur dit Jésus, ce que ces hommes font.

Admirez contre moi leur incessante ruse.

Qui d'entre eux ne me hait? qui d'entre eux ne m'accuse?

A me perdre appliqués, jamais se lassent-ils

De leurs tentations, de leurs détours subtils?

Scribes! Pharisiens! ô races de vipères!

Hypocrites! comblez les crimes de vos pères.

Au royaume des cieux, non, vous n'entrerez pas;

Car vous en détournez ce peuple à chaque pas.

Vous étalez partout quelque sainte maxime;

Mais vous croyez tout faire en acquittant la dîme.

Aveugles conducteurs! vos souples arguments

Mutilent la pensée et brisent les serments.

Vous vantez la prière et les rudes épreuves,

Mais vous engloutissez l'héritage des veuves.

Du premier rang toujours vous marchez tous jaloux.

Hypocrites! serpents! malheur! malheur à vous,

Qui des autres toujours chargez l'épaule nue,

Sans que, pour les aider, un de vos doigts remue!

A vous qui de la coupe essuyez le dehors,

Lorsque l'iniquité dedans coule à pleins bords!

O sépulcres blanchis, dont les hautes structures

Sont pleines d'ossements, de vers, de pourritures!..

Et toi qui lapidas les prophètes de Dieu,

Tremble, Jérusalem! voici le sombre adieu.

Que de fois je voulus, ô cité criminelle,

Réunir tout ton peuple, ainsi que sous son aile

La poule palpitante assemble ses petits!

Et tu ne voulus pas!.. En vain je t'avertis,

Jérusalem!.. Bientôt ces puissantes murailles

Verront s'accumuler d'immenses funérailles;

Ces portiques bientôt ne seront plus debout;

Ce Temple va crouler de l'un à l'autre bout ;

Il ne restera pas ici pierre sur pierre.

Jérusalem ! les pleurs tombent de ma paupière.

Les temps sont accomplis. Le signal sera prompt.

Tous les oiseaux de proie au cadavre courront. »

Son escorte fidèle avidement l'écoute.

Comme de Béthanie il reprenait la route,

Il eut faim : devant lui se montra, large et vert,

Sur la route, un figuier de feuilles tout couvert.

Il y va, pour choisir un fruit qui le soulage ;

Mais l'arbre n'étalait qu'un stérile feuillage :

« Toi qui ne produis rien, dit Jésus, sois détruit,

Et de toi que ne sorte à jamais aucun fruit. »

O terreur ! secouant sa couronne si fraîche,

De rameaux en rameaux, le figuier se dessèche !

Les apôtres rêveurs frémissent de le voir.

« Vous aurez, reprend-il, vous-mêmes ce pouvoir,

Si vous croyez vraiment, si rien en vous n'hésite.

C'est peu d'anéantir un arbre parasite ;

Commandez à ce mont, dont la cime fend l'air,

Et dites-lui : *Va-t'en, jette-toi dans la mer;*

Et cela sera fait. Oui, quelle que soit l'heure,

Si la foi vous soutient de force intérieure,

Tout vous sera soumis par ce divin secours.

Demandez avec foi, vous obtiendrez toujours. »

Voilà qu'à Béthanie ils sont arrivés vite,

Chez Simon le Lépreux, dont le toit les invite,

Chez Simon qui, lui-même, à cet hôte si cher

A dû la guérison de sa fétide chair.

Ils prennent place autour de la table frugale,

Et, pour y contempler celui que nul n'égale,

Leurs amis sont en foule à ce banquet du soir,

Où Lazare vivant vient avec eux s'asseoir :

Une femme parut; ce fut toi, Madeleine!

Sa main sur son épaule appuie une urne pleine;

Elle entre : à son aspect circulent des bruits sourds.

Le vase, dont l'albâtre a formé les contours,

Recélait l'huile pure et le suave arome

Du nard assyrien, du balsamique amome ;

Cette sœur de Lazare avait connu longtemps

Les fastueux plaisirs, les rêves inconstants :

Il lui fallait alors les tuniques, les voiles

Où l'argent scintillait en légères étoiles,

Les bandeaux de saphirs, et l'ambre résineux

Pour ses cheveux tressés qu'enveloppaient des nœuds,

Et, sur son cou, la perle en cercles retenue,

Et les agrafes d'or qui, de la gorge nue,

Laissant tomber la pourpre à ses flancs amollis,

Sur la sandale d'or en déroulaient les plis.

Mais elle eut honte enfin de tant d'ivresses folles,

O Jésus ! elle aima tes sublimes paroles.

Des convives surpris elle passe un long rang,

Incline entre ses bras le vase transparent,

Puis, avant qu'on ait pu soupçonner nulle chose,

Tout à coup prosternée, en pleurant elle arrose

Des ruisselants parfums les pieds de l'Homme-Dieu ;

Et, tandis que l'odeur embaume ce saint lieu,

Pour sécher les pieds nus que le flot pur inonde,

Elle roule sur eux sa chevelure blonde.

Quelques-uns murmuraient et même près de lui :

« Ne blâmez point, dit-il ; c'est son œuvre aujourd'hui ;

Elle lave le corps qu'attend la sépulture.

En vérité, partout dans la race future,

Où l'Évangile ira, partout ce souvenir

Marquera cette femme et la fera bénir. »

Un cri de réprouvé dans l'ombre alors s'exhale ;

Judas Iscarioth avait fui de la salle.

FIN DU PREMIER CHANT.